wi'n iawn!' cwynodd Tamar, wrth i'w thad gydio yn ei llaw. Nid babi oedd hi, wir!

Ond i Jairus, roedd Tamar yn dal i deimlo fel babi. Roedd ei chroen mor llyfn, a chyrls ei gwallt yn feddal fel oen newydd-anedig. Daeth dagrau i bigo'i lygaid.

'Wir i chi, Tada!' Ceisiodd Tamar ryddhau ei bysedd. 'Dwi'n iawn.'

Ochneidiodd Jairus. Tase hi'n iawn, fasen nhw ddim yn ninas Seffora nawr, yn gwthio drwy'r dorf ofnadwy yma, yn chwilio am dŷ'r meddyg. Teimlai'n drist iawn. Pam oedd Duw yn gwneud i'w blentyn ddioddef? Roedd Jairus yn gwybod fod rhesymau Duw bob amser yn dda, ond y funud honno, wrth ddringo'r grisiau i ystafell y meddyg, roedd hi'n anodd eu deall.

Arhosodd Tamar y tu allan, wedi ei chyfareddu gan y ddinas. Roedd yna gymaint i'w weld - adeiladwyr yn gweithio, saer yn morthwylio, a gwraig ryfedd yr olwg yn simsanu ar hyd y stryd. Gwyddai Tamar yn syth fod y wraig yn wallgof. Roedd hi'n meddwl fod y dynion i gyd yn ei charu - ond doedden nhw ddim. A dweud y gwir, roedd yr adeiladwyr i gyd yn gas wrthi.

Pob un heblaw'r saer… Edrychodd e ar y wraig a gwgu. Rhoddodd ei gyfarpar ar lawr.

Roedd Tamar mor brysur yn gwylio fel na chlywodd hi lais difrifol y meddyg, na'r sŵn tagu a wnaeth ei thad. Chlywodd hi mo'r meddyg yn dweud mai gwaethygu y byddai hi… nad oedd gwella i fod iddi. Ond clywodd hi'r sŵn wrth i un o'r adeiladwyr daro'r wraig wallgof i'r llawr, a hithau'n crio mewn poen ac ofn.

C lywodd y saer y sŵn hefyd. Tynnodd anadl ddofn, gadawodd ei waith a phenliniodd wrth ymyl y wraig druan. Yn dyner, cododd e hi o'r llwch.

Tynnodd Jairus anadl ddofn hefyd. Camodd i'r heulwen, gan geisio cuddio'i anobaith oddi wrth Tamar.

'Tada, edrychwch!'

Edrychodd Jairus o'i gwmpas. Gwraig feddw o flaen y synagog - lle sanctaidd Duw! Rhaid ei fod e'n wallgof i ddisgwyl gwyrth mewn lle fel hyn!

'Dere!' galwodd, a dilynodd Tamar ef. Gwyddai nad oedd dewis ganddi.

Wrth iddyn nhw adael y ddinas, syllodd Tamar dros ei hysgwydd ar y saer. Roedd e mor garedig, heb fod yn flin o gwbl.

A rhywsut, roedd hyn wedi codi cywilydd ar y dynion eraill.

Daliodd y saer ei llygaid - a llamodd ei galon. Pwy feddyliai fod ar y plentyn annwyl hwn ei angen lawn cymaint â'r druan wallgof, unig? Hyd yma, dim ond Duw a wyddai'r fath bethau. Ond o'r awr hon, os oedd Duw ei Dad yn y Nefoedd yn gwybod, byddai Iesu'n gwybod hefyd. Cerddodd y saer yn araf o'r ddinas. Roedd ei Dad yn galw, yn uwch ac yn uwch, ac roedd yn rhaid iddo ddilyn. Doedd dim dewis ganddo.

Wrth i Iesu gerdded adref i Nasareth, ceisiodd ddyfalu sut y teimlai ei fam pan alwodd Duw hi. Fyddai hi wedi dewis rhoi genedigaeth mewn stabl? A dangos ei baban i ddoethion a bugeiliaid? A gafodd hi drafferth ufuddhau?

Ond os oedd Iesu'n meddwl nad oedd dewis ganddo, buan y sylweddolodd nad oedd hyn yn wir. Nid oherwydd bod llais Duw wedi tawelu - yn wir, pan aeth Iesu i gael ei fedyddio yn yr afon, roedd y llais mor uchel fel y clywyd ef gan bobl eraill. Ond galwodd llais arall hefyd - llais y diafol.

'Dewisa…' meddai'r llais. '… dewisa anufudd-dod.'

Am chwech wythnos boenus, crwydrodd Iesu dros y mynyddoedd moel, yn gwrando ar y llais arall yna. Roedd gwres yr haul yn danbaid; sychodd y nentydd a chwythodd awel fileinig drwy'r dail crin.

'Dewisa fy ffordd i…' sibrydodd y llais.

'Na!' ffrwydrodd Iesu o'r diwedd. Na! Roedd e am ddewis ffordd Duw - ac yn sydyn, roedd hi'n hawdd dewis ac ufuddhau. Roedd e eisiau gwneud gwaith ei Dad yn fwy na dim byd arall. A'r eiliad y dewisodd, llanwyd ef gan y fath nerth a'r fath gariad nes yr hedfanodd y llais arall hwnnw i ffwrdd ar yr awel fileinig.

Ceisiodd esbonio'i fywyd newydd wrth ei ffrindiau wrth iddo rannu pryd o fwyd gyda nhw.

'Ond saer wyt ti, yn adeiladu synagog…' protestiodd Lasarus.

'Saer *oeddwn* i. Nawr rwy'n adeiladu rhywbeth newydd. Teyrnas Dduw… ar y ddaear, megis yn y nef.'

'Teyrnas Dduw?' gofynnodd Mair, chwaer Lasarus, heb ddeall yn iawn.

Daeth Martha, y chwaer hynaf, atyn nhw gyda hambwrdd yn llawn o fwyd.

'Iesu,' cwynodd, 'does dim ots 'da ti fod fy chwaer wedi 'ngadael i i wneud popeth? Dweda wrthi am fy helpu i!'

Ond chwerthin wnaeth Iesu, a chydio yn llaw Martha.

'Rwyt ti'n gwneud gymaint i bawb arall,' meddai'n dyner, 'ond paid â cholli'r un peth sy'n bwysig i ti. Eistedd gyda ni. Gwranda.' Roedd Martha ar fin dadlau fod rhoi bwyd ar y bwrdd yn bwysicach na dim, ond tarodd olwg ar ei brawd a'i chwaer. Roedd yr hyn roedd Iesu'n ei ddweud wrthynt wedi eu cyffroi; roedden nhw wedi eu rhyfeddu. Gallai weld hyn yn eu llygaid. Eisteddodd hithau i wrando. Cyn hir roedd ei llygaid hi'n pefrio, wrth iddi glywed am y deyrnas oedd yn aros i Iesu ei hadeiladu.

Ym mhob man, daeth Iesu o hyd i bobl oedd yn awchu am deyrnas newydd. Am ddwy fil o flynyddoedd, roedd yr Iddewon wedi byw yn ôl cyfraith Duw – ond nawr roedd y Rhufeiniaid wedi gwneud iddyn nhw ddilyn cyfraith Cesar hefyd. Oedd Duw wedi anghofio amdanyn nhw? 'Na!' meddai Iesu wrthyn nhw. 'Mae'ch Tad yn y nefoedd yn dyheu am roi anrhegion i chi! Gofynnwch ac fe roddir i chi.'

'Ein Tad?' Roedd pysgotwr caled yn dychmygu breichiau cariadus wedi eu lapio o'i gwmpas. Chlywodd Andreas erioed ddisgrifiad tebyg o Dduw. Pwysodd ymlaen i glywed beth fyddai'r athro newydd hwn yn ei ddweud nesaf.

'Ceisiwch, a chi a gewch,' addawodd Iesu. 'Curwch, ac fe agorir i chi.' Roedd offeiriaid ac athrawon cyfraith Duw - Sadwceaid a Phariseaid - yn gwrando'n astud. Teimlodd rhai eu calonnau'n corddi, ond roedd eraill yn poeni. Dyma ffordd wahanol o ddysgu, a chynifer o bobl am wrando…

Roedd y bobl yn achosi poendod i fam Tamar. Roedd Rachel yn ceisio cyrraedd adref gyda'i merch, ond nid oedd lle iddyn nhw basio heibio.

'Dewch ata i!' roedd llais Iesu mor glir, ac mor gryf fel y cariai dros sŵn y dorf. 'A gwrandewch!'

'Dyna fe!' cydiodd Tamar yn llawes ei mam yn gyffro i gyd. 'Y saer oedd yn Seffora!'

'Dilynwch fy ngeiriau!' gorchmynnodd Iesu.

Safodd mam Tamar yn ei hunfan.

'Os y gwnewch chi, yna fe fyddwch chi fel dyn doeth a gododd ei dŷ ar y graig…' Stori! Gwenodd Tamar yn llydan wrth iddi eistedd i wrando. Roedd hon yn stori dda iawn, am ddau ddyn. Roedd y naill yn gweithio'n galed ac yn codi ei dŷ ar y graig. Roedd y llall yn ffôl, a chododd ei dŷ ar y tywod, oedd yn llawer haws ac yn gynt. Pan ddaeth y stormydd, roedd y tŷ ar y graig yn gadarn, ond syrthiodd y tŷ ar y tywod yn deilchion.

Chwarddodd y plant i gyd. Ond yna dywedodd y saer rywbeth a roddodd ball ar y chwerthin. Dywedodd e fod rhai pobl yn adeiladu eu bywydau ar dywod, gan ddilyn y ffordd hawdd. Ond pan fo pethau'n mynd yn anodd, mae eu bywydau'n chwalu.

'Dewiswch y ffordd galed,' dywedodd Iesu. 'Gadewch i 'ngeiriau i dreiddio'n ddwfn i'ch calonnau a'ch meddyliau.'

9

Nodiodd Rachel yn fyfyriol - yna edrychodd ar Tamar. O na, gormod o haul…
'Dwi eisiau aros,' ymbiliodd Tamar.
'Dewch ata i,' meddai Iesu, 'pob un sydd yn newynu.'

Gwegiodd pen-liniau Tamar.
'Ni wnaf i byth droi i ffwrdd,' addawodd Iesu.
Ond roedd Rachel eisoes wedi troi i ffwrdd, a Tamar yn swp yn ei breichiau.
Roedd y dwymyn wedi dychwelyd.

Cerddodd rhywun arall oddi wrth Iesu y diwrnod hwnnw hefyd, i nôl ei gyfeillion i wrando. 'Na!' rhuodd Barabas, eu harweinydd. 'Mae'r bobl yn ei garu,' protestiodd Jwdas. 'Maen nhw'n dweud fod ganddo nerth arbennig gan Dduw.' Crechwenodd Barabas. 'Pa nerth all fod gan ddyn cyffredin yn erbyn Cesar?' Cydiodd Jwdas yn ysgwydd ei ffrind. 'Beth sy'n codi ofn ar frenhinoedd ac ymerawdwyr?' gofynnodd yn chwyrn. 'Y bobl, wrth gwrs, pan godan nhw fel un dyn, pan maen nhw'n dilyn un dyn!' Petrusodd Barabas am ennyd. Amser maith yn ôl, roedd Duw wedi addo anfon un dyn i'w hachub nhw - y Meseia. Oedd Jwdas wedi dod o hyd i'r Meseia, yr un fyddai'n eu harwain nhw i frwydr yn erbyn y Rhufeiniaid? Na! Sut y gallai athro o bentref bychan fel Nasareth fod yn Feseia? 'Breuddwyd ffŵl,' poerodd Barabas yn ddirmygus.

Felly dychwelodd Jwdas at Iesu.

Doedd hi ddim yn anodd dod o hyd i Iesu. Ble bynnag yr âi, dilynai'r bobl. Nid y bobl gyfoethog - oedd yn rhy hoff o'u bywydau hawdd - ond y lleill. Doedd ganddyn nhw ddim rhagor i'w golli: roeddynt eisoes wedi colli popeth i'r casglwr trethi. Iddewon cyffredin oedd y casglwyr trethi cyn i'r Rhufeiniaid roi swyddi iddyn nhw. Nawr roedd pawb yn eu trin fel baw am gymryd arian eu cyd-ddyn - a chadw'i hanner iddyn nhw eu hunain. Roedden nhw hyd yn oed yn ceisio cymryd trethi gan y wraig wallgof, Mair Fagdalen.

'Lladron! Llofruddion!' sgrechiodd hi, a thaflu ei hychydig ddarnau arian truenus ar lawr.

'Gadewch lonydd iddi,' mwmialodd un o'r gwarchodwyr.

Ochneidiodd Mathew, y casglwr trethi. Roedd y wraig wedi croesi'r ffin, felly roedd yn rhaid iddi dalu. Nid ei fai oedd e - nid fe oedd yn pennu'r rheolau.

'Faint sy'n ddyledus ganddi?'

'Dim!' poerodd pysgotwr blin, gan rythu ar Mathew. 'Na ninnau chwaith. Ddalion ni ddim. Dim dalfa, dim tâl.'

Gwingodd Mathew. Ai fe oedd ar fai os deuai'r rhwydi o'r dŵr yn wag? 'Dyna'r gyfraith,' ceisiodd esbonio dros sŵn y wraig wallgof, oedd yn bytheirio rhyw ddwli am yr Ymerawdwr.

'Ai'r gyfraith sy'n caniatáu i ti dwyllo?' ysgyrnygodd y pysgotwr. Ond cyn iddo ddweud mwy, cydiodd ei frawd ynddo.

'Simon!' ebychodd Andreas. 'Mae e yma! Y dyn y soniais i wrthot ti amdano! Mae e'n dod lawr i'r lan.'

'Wel?'

'Fe ydy'r un mae Duw wedi ei anfon i'n hachub ni.'

Cododd Simon ei ysgwyddau'n ddifater a brasgamodd yn ôl at ei gwch.

Anwybyddodd e Iesu a'r dorf a'i dilynai.

'Clymwch y cychod a pheidiwch â thalu,' meddai Simon wrth Iago ac Ioan, pysgotwyr eraill oedd gerllaw.

Gwyliodd Iesu nhw am ennyd, yna camodd i mewn i gwch Simon ac Andreas. Ceisiodd beidio â chwerthin ar yr olwg oedd ar wyneb Simon.

'Gwthia'r cwch allan!'

'Beth?'

'Wyt ti am i bawb arall ddod hefyd?'

Gwgodd Simon wrth iddo wthio'r cwch yn bellach o'r lanfa brysur.

'Sut le yw Teyrnas Nefoedd?' Dechreuodd Iesu siarad, gan syllu ar yr wynebau eiddgar ar y lan. Daliodd lygad Mathew. Llamodd calon Mathew yn ei frest. Doedd neb byth yn dal ei lygad e.

'Fe ddweda i wrthoch chi. Mae hi fel hedyn mwstard. Allwch chi mo'i weld, mae e mor fychan. Fe allai chwythu i ffwrdd, ond eto, o'r hedyn bach daw'r goeden fwyaf un! A daw holl adar y nefoedd i nythu yn ei changhennau.'

Gwgodd Simon. Oedd hi'n wir fod teyrnas nefoedd yn tyfu o ddim i fod yn gartref… yn lloches?

Edrychodd Mathew'n anesmwyth ar do tila ei stondin dreth. Rhyw ddiwrnod, byddai rhyw bysgotwr blin yn siŵr o'i daro i'r llawr. Dychmygodd ei fod yn hedfan i ddiogelwch coeden, fry yn y canghennau lle na allai dim ei frifo. Ac yna caeodd ei lygaid ac ochneidio. Pwy fuasai ei eisiau fe yn eu coeden nhw? Neb!

Llithrodd y cwch dros y tonnau. Roedd gwres yr haul yn danbaid. Edrychodd Iesu dros y dŵr disglair at y stondin dreth, ar Mathew. Hyd yn oed o bell, gwelai Iesu y dagrau yn ei lygaid. Tynnodd ei fysedd drwy'r dŵr claear, a gweld Simon yn ymladd ei ddicter, Andreas yn gwenu mewn boddhad a Iago ac Ioan yn eu cwch, yn myfyrio.

Gwthia'r cwch allan fwy.' Gwenodd Iesu ar y pysgotwyr. 'Gostyngwch y rhwydi.'

Chwyrnodd Simon mewn dirmyg. Doedd hwn yn gwybod dim? Allwch chi ddim dal pysgod yng nghanol y dydd - roedden nhw'n cuddio rhag yr heulwen, yn bell o dan y dŵr.

Dim ond gostwng y rhwydi er mwyn i Iesu weld mor ffôl oedd e wnaeth Simon.

Ond yr hyn a welodd Iesu - a Simon ac Andreas hefyd - oedd pysgod! Doedd dim ar ôl yn y dŵr, ond roedd y rhwydi'n llawn hyd hollti!

Wrth i Simon dynnu'r ddalfa wyrthiol i'r lan, teimlai gywilydd mawr. Pam oedd e wastad yn meddwl ei fod yn gwybod yn well? Beth oedd yn bod arno? Meddwl ei fod yn gwybod yn well na negesydd gan Dduw…

'Simon, paid â bod ofn,' meddai Iesu'n dyner. 'O heddiw ymlaen, rwy am dy wneud di'n bysgotwr dynion! Dy enw di fydd Pedr - y Graig.'

Synnwyd Simon. Y Graig? Oedd Iesu o ddifri?

Ond roedd Iesu'n ymddangos yn gwbwl o ddifri wrth iddo ddewis y dynion a fyddai'n cario neges Duw i'r byd rhyw ddiwrnod.

'Andreas, byddi dithau'n ddisgybl i mi,' cyhoeddodd ef. 'A Iago ac Ioan.'

Gwenodd y pedwar pysgotwr o glust i glust. Felly hefyd Philip a Bartholomeus, Thadeus a Thomas - er na chredodd Thomas yn syth fod Iesu wedi ei ddewis e! Chwyddodd Jwdas mewn balchder pan ddewiswyd e.

'Un arall,' meddai'r Iesu, a mynd i gyfeiriad y stondin drethi.

Ond roedd Simon Pedr yn gwybod yn well. 'Athro, nid yw hwn yn lle da,' rhybuddiodd.

Plygodd Mathew ei ben. Roedd yn dymuno yn fwy nag erioed na fyddai wedi mynd yn gasglwr trethi. Yna efallai y gallai

edrych i lygaid Iesu.

'Mathew!' roedd llais Iesu'n gryf ac yn glir.

Dechreuodd Mathew grynu. Mwy o sarhad… mwy o ddicter…

'Mathew,' galwodd Iesu eto, 'dilyn fi!' Cododd Mathew ei ben yn ddryslyd. Edrychodd i fyw llygaid Iesu, a llanwyd ei galon â hiraeth gan yr hyn a welodd yno. Yr holl bethau drwg a wnaeth - doedden nhw ddim yn bwysig bellach. Maddeuwyd ei bechodau! A'i ddwylo'n crynu, taflodd yr arian i'r llawr a mynd i sefyll wrth ymyl Iesu.

Mathew? Y casglwr trethi? Cafodd y lleill sioc, ond pan welson nhw'r cariad yn llygaid Iesu, roedd cywilydd arnyn nhw.

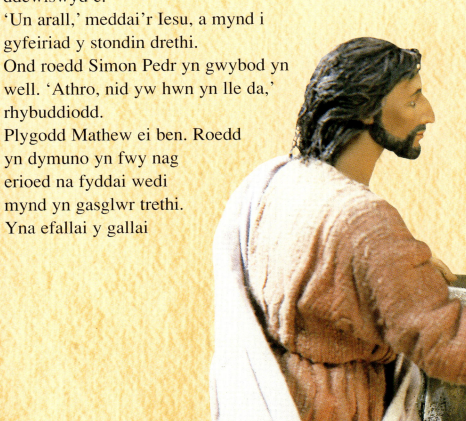

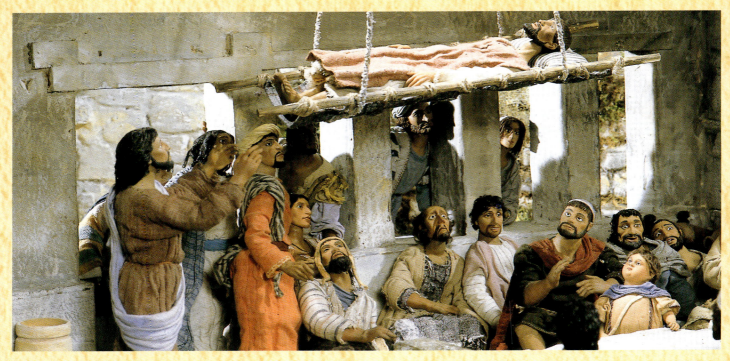

Dilynodd y disgyblion Iesu i bob man. Roedd yn brofiad arbennig i'w weld yn defnyddio nerth ei Dad i wella'r cleifion, ac i alw'r anghenus ato. Roedd e'n iacháu pawb a ddeuai ato â'i gyffyrddiad a'i ddysgeidiaeth.

Roedd Simon Pedr wrth ei fodd yn pysgota dynion - er bod rhai'n gwrthod gwrando, ac yn cuddio oddi wrtho fel pysgod yn cuddio rhag yr heulwen.

Roedd Ben Asra, er enghraifft, wedi meithrin cyfoeth a grym drwy helpu'r Rhufeiniaid i gadw'r heddwch. Roedd e'n siŵr y buasai pobl yn alaru ar y swynwr hwn o Nasareth, ond wrth i amser fynd heibio, tyfu a wnaeth y dorf. Daeth e â'i ffrindiau i weld y perygl. Ni welai rai ond y daioni, ond gwelai ambell un berygl hefyd.

Un diwrnod roedd Iesu'n dysgu yn nhŷ Simon Pedr - ac roedd e'n orlawn! Roedd e'n adrodd stori am ddyn oedd yn meddwl ei fod yn gwybod yn well na phawb arall. Dychmygodd Simon Pedr y dyn â thrawst yn ei lygad, oedd eto'n siŵr y gwelai'r brycheuyn yn llygaid pobl eraill, a gwingodd. Ai un felly oedd e? Ond cyn iddo benderfynu, daeth llwch go iawn i'w lygaid.

'Beth sy'n digwydd?' rhuodd Simon Pedr. O na! Roedd criw o ddynion yn rhwygo to ei dŷ er mwyn cyrraedd Iesu gyda'u ffrind oedd wedi'i barlysu.

Edrychodd Iesu i fyny.

'Dewch i lawr,' chwarddodd e. 'Mae digon o le.'

Digon o le? Roedd Simon Pedr bron â ffrwydro!

Yn raddol, gollyngwyd matras tenau'r claf i lawr o'r to.

'Does dim pwynt,' griddfanodd y claf, wrth i Iesu ei helpu i lawr. Doedd e ddim wedi gallu symud gewyn ers blynyddoedd. 'Gadewch i mi farw…'

Cyffyrddodd Iesu â'i dalcen. 'Gyfaill,' sibrydodd, ond crychodd y dyn ei wyneb fel pe na bai'n haeddu cyfeillgarwch. 'Gyfaill,' meddai'r Iesu'n bendant, 'maddeuwyd dy bechodau.'

Crechwenodd Ben Asra. Pwy ond Duw all faddau pechodau?

Edrychodd Iesu i fyw llygaid Ben Asra. 'Beth sydd hawsaf ei ddweud,' gofynnodd, '"maddeuwyd dy bechodau"? Neu "Cyfod a rhodia"? Ond i brofi i ti fod gan Fab y Dyn y gallu i faddau pechodau...' Trodd at y claf. 'Cyfod dy wely. A rhodia!'

Synnodd y claf. Cododd ar ei eistedd. Yna cododd ar ei draed, gafaelodd yn ei fatras a gweiddi mewn gorfoledd! Ymunodd pawb ag e wrth iddo redeg drwy'r strydoedd.

'Dwi wedi 'ngwella!' gwaeddodd.

Gwelodd Jairus y dyn, ac ochneidiodd. Doedd hyn ddim yn iawn... roedd gan Dduw ei resymau dros adael i bobl ddioddef. Ni ddylai dyn ymyrryd ag ewyllys Duw.

'Dwi wedi 'ngwella!'

Gwelodd Rachel y dyn. Edrychodd ar Tamar, mor welw a gwan, a chorddodd ei chalon.

'Dwi wedi 'ngwella!'

Gwelodd Tamar y dyn hefyd, a gwyddai ei fod wedi ei gyffwrdd gan Iesu. Beth arall fyddai'n dod â chymaint o lawenydd i rywun?

Ond nid oedd Mair Fagdalen yn teimlo llawenydd. Y cyfan a deimlai hi oedd dychryn a dicter. Roedd ei phen yn llawn o leisiau cas, cas.

Weithiau roeddent yn gwawdio. Dro arall roeddent yn rhuo a gweiddi, yn sgrechian a gwatwar, yn clegar ac yn arteithio.

Cerddai hi fel un ddall, gan deimlo fod ei phen ar fin ffrwydro.

Roedd wyneb Iesu'n anodd ei weld. Nid oedd cyffyrddiad ei law yn ddim mwy nag adain ystlum yn y tywyllwch. Dieithryn arall oedd e, dyna i gyd.

Ond roedd y lleisiau yn ei phen yn ei adnabod e. Sgrechion nhw mewn arswyd.

'Dewch allan ohoni!' gorchmynnodd Iesu. Ni wyddai'r lleisiau beth i'w wneud.

'Rydyn ni'n gwybod pwy wyt ti - Iesu Fab y Goruchaf!'

'Gadewch iddi fynd!' rhuodd Iesu. Ffodd y lleisiau ar y gwynt. Daeth tawelwch bendigedig i lenwi pen Mair Fagdalen. Edrychodd i lygaid Iesu, ac nid llygaid dieithryn oedden nhw mwyach.

O hynny allan, arhosodd Mair Fagdalen gyda'r gwragedd a ddilynai Iesu. Gadawodd i'w eiriau dreiddio i'w chalon a'i meddyliau, fel y dysgodd ef. O'r diwedd, deallodd wir ystyr heddwch.

Ni allai Rachel ddod o hyd i heddwch. Roedd ei phlentyn yn sâl, ac yn gwaethygu wrth i'r misoedd fynd heibio. Dyheai am gael mynd â Tamar at Iesu, ond gwrthodai Jairus.

'Wnei di ddweud wrtho?' Ymbiliodd ar Cleopas, eu ffrind gorau.

Cnodd Cleopas ei wefus. 'Sut mae hi?'

'Mae hi'n marw!' meddai Rachel yn chwerw.

'Na!' protestiodd Jairus. 'Dydy hi ddim yn marw!'

Caeodd Rachel ei dyrnau'n dynn. Pam oedd ei gŵr mor ystyfnig? Roedd e a'i ffrindiau - athrawon ac offeiriaid cyfraith Duw - yn siarad am Dduw, ond roedden nhw'n pallu gwrando!

'Pam wyt ti gymaint o'u hofn nhw?' cyhuddodd hi Jairus. 'Oes gyda nhw'r fath afael ar dy fywyd di?'

'Duw yw fy mywyd i,' arthiodd Jairus. 'Nid dyn… unrhyw ddyn!'

Tynnodd Rachel anadl ddofn.

'A dy ferch,' meddai'n oeraidd, 'beth yw hi, felly, yn dy fywyd di?'

Syfrdanwyd Jairus. Doedd Rachel ddim wedi siarad fel hyn ag e o'r blaen.

Torrodd Cleopas ar draws y tawelwch.

'Rwy'n credu y dylen ni wrando ar Iesu,' meddai'n feddylgar. 'Wedi'r cyfan, chollodd neb ei enaid trwy wrando ar gelwyddgi, dim ond o'i gredu a'i ddilyn.'

Tro Simon y Pharisead oedd hi i gael ei syfrdanu. Oedd Cleopas wedi colli arno'i hun? Doedd bosib ei fod e'n cytuno fod nerth Iesu'n dod wrth y diafol?

'Rhaid i chi wrando,' anogodd Rachel nhw. 'Pam fod pobl yn meddwl nad ydy eu harweinwyr yn gwrando?' mwmialodd y Pharisead pwysig yn anesmwyth.

19

Felly gwahoddodd Simon y Pharisead Iesu a'i ddisgyblion i wledd. Syllodd ei ffrindiau cyfoethog ar y pysgotwyr gwydn gyda Iesu, ac edrych ar ei gilydd yn amheus. Ysgydwodd Jairus ei ben. Beth oedd pwrpas hyn?

'Feistr… rydyn ni'n gwybod bod yn well gyda ti gwmni casglwyr trethi a phechaduriaid,' ochneidiodd un o ffrindiau'r Pharisead. 'Pam hynny?'

'Does dim angen meddyg ar bobl iach, dim ond ar y rhai sy'n sâl,' esboniodd Iesu'n ofalus, fel tase'r dynion goludog hyn ychydig yn dwp.

Gwgodd y gwesteion. Roedden nhw'n ceisio meddwl am gwestiynau na allai Iesu ateb cystal, pan wthiodd gwraig heibio i'r gweision a syrthio wrth draed Iesu.

Dechreuodd Mair Fagdalen feichio crio - roedd y gweision yn ei thrin hi fel tase hi'n dal yn wallgof. Pan gofiai hi am ei bywyd ofnadwy ar gyrion cymdeithas, roedd hi eisiau dal i ddiolch i Iesu. Diferodd ei dagrau ar ei draed, a sychodd hi nhw â'i gwallt.

'Pechadur yw hi!' rhuodd Simon y Pharisead.

Ond ysgydwodd Iesu ei ben. 'Mair, maddeuwyd dy bechodau i ti nawr,' atgoffodd e hi.

'Mae'n hawlio ei fod yn gallu maddau pechodau… Cabledd!… Dim ond Duw all wneud hyn…' sibrydodd y gwesteion.

'Nawr rydyn ni'n gwybod. Mae unrhyw un sy'n dilyn Iesu yn elyn i Dduw.'

Amneidiodd Jairus ei ben yn araf.

Roedd Iesu bob amser yn falch ei fod wedi dewis ffordd ei Dad, er ei fod yn ansicr weithiau. Y plentyn, Tamar, er enghraifft... Roedd yn ysu am gael mynd ati. Ond roedd ei Dad yn y Nefoedd yn gwybod yn well. Roedd yn rhaid i Iesu aros. Roedd yn rhaid i bobl ddod ato ef... Eu dewis nhw oedd hynny.

Ond doedd gan Tamar ddim dewis. Roedd y dwymyn a'r boen mor ofnadwy fel na allai godi o'r gwely. Roedd calonnau Rachel a Jairus yn torri.

'Tada...' sibrydodd Tamar, 'ydw i'n mynd i farw?'

Roedd ceg Jairus yn sych grimp. 'Na...' Cyffyrddodd Rachel â braich ei gŵr.

'Mae hi'n dal i ddweud ei enw - Iesu.'

'Na!' meddai Jairus mewn llais uchel. Llanwodd llygaid Rachel â dagrau. Ysgydwodd Jairus ei ben. Na! Doedd e ddim am wrando ar neb arall eto. Roedd e wedi gweld Iesu, wedi clywed Iesu. Rhaid bod y fath gariad a'r fath ddaioni yn dod oddi wrth Dduw.

'Af i at Iesu,' addawodd e.

Ceisiodd Tamar agor ei llygaid pŵl. Gwelodd Jairus lygedyn o lawenydd yno, ond gwelodd rywbeth arall hefyd - gwelodd angau yno. Roedd hi'n llithro o'r bywyd hwn...

Rhedodd Jairus nerth ei draed - y dyn a ddysgai gyfraith Dduw yn rhedeg trwy'r dref fel troseddwr diobaith.

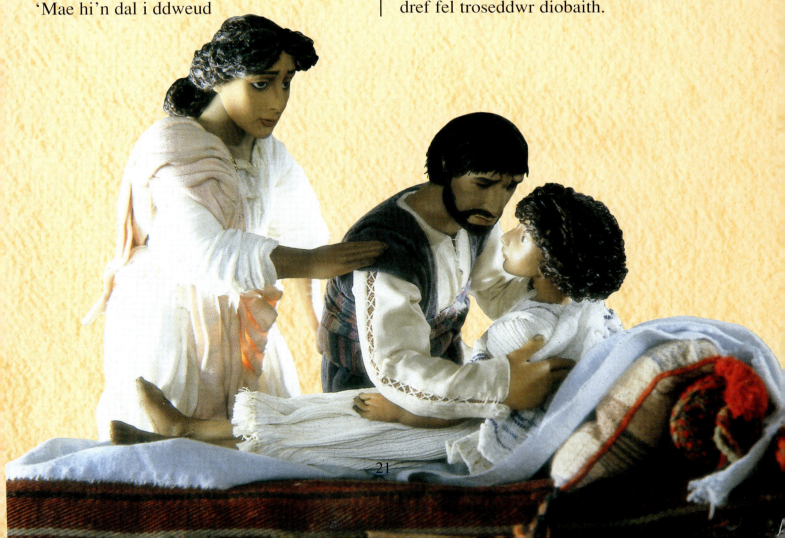

21

Roedd torf o gwmpas Iesu fel arfer, ond gwnaeth rhywbeth yn wyneb Jairus i'r dorf agor o'i flaen.

Yr eiliad yr edrychodd Jairus i lygaid Iesu, dechreuodd grio. Syrthiodd i'r llawr, wedi'i barlysu gan gywilydd. Anfonwyd y dyn hwn gan Dduw, ac roedd e wedi bod mor ffôl… doedd e ddim yn haeddu cymorth.

'Feistr! Fy merch fach i,' ymbiliodd Jairus, 'mae hi'n marw. Da ti, os doi di i 'nhŷ i a rhoi dy ddwylo arni, fe wellith hi.'

Pan amneidiodd Iesu ei ben, teimlai Jairus bod ei galon bron â hollti mewn llawenydd at ddaioni Duw! Cododd ar ei draed a dechrau dangos y ffordd. Ond cyn iddyn nhw fynd yn bell, stopiodd Iesu'n stond.

'Da ti, Feistr,' anadlodd Jairus. 'Brysia, da ti.'

'Pwy gyffyrddodd â fi?' gofynnodd Iesu'n ddryslyd. 'Mae rhywun newydd fy nghyffwrdd i. Aeth y nerth allan ohona i.'

Tynnodd Simon Pedr ystum. Roedd cannoedd o bobl wedi cyffwrdd ag e! Dim ond un person oedd yn deall cwestiwn Iesu. Roedd gwraig wedi cyffwrdd â'i wisg a theimlo'i nerth yn treiddio iddi.

'Fi wnaeth, Feistr,' cyfaddefodd hi. 'Rwy'n gwaedu tu fewn ers blynyddoedd…' gwasgodd ei dwylo at ei gilydd. 'Ro'n i'n ofni dod atat ti o flaen pawb…'

Daliodd Jairus ei anadl. Y cyfan a welai oedd llygaid Tamar, mor dywyll a chymylog…

'Mae dy ffydd wedi dy iacháu,' meddai Iesu wrth y wraig, ac roedd ei eiriau mor gariadus nes y llanwyd hi â gorfoledd. Ond welodd Jairus mo hyn. Roedd ei lygaid wedi eu sodro ar wynebau ei weision, yn cerdded tuag ato'n ddwys. Roedd Tamar wedi marw. Roedd yn rhy hwyr.

Dechreuodd Jairus wylo. Roedd e wedi amau, a nawr roedd ei blentyn annwyl wedi talu'r pris am ei amheuon.

Daeth Iesu i'w gysuro. 'Dalia i gredu,' meddai'n daer, 'ac fe ddaw hi'n iach.' Craffodd Jairus ar wyneb Iesu. Iawn… fe ddaliai i gredu, ond doedd e ddim yn deall. Aeth Iesu i mewn i dŷ Jairus a mynd yn syth at y plentyn marw. Cyffyrddodd â llaw oer, gelain Tamar.

'Ferch fach,' meddai, â gwên yn ei lais, 'mae'n amser codi.'

Edrychodd Jairus a Rachel arno mewn penbleth llwyr. Roedd Tamar wedi marw. Sut allai hi godi? Ysgydwodd Simon Pedr ei ben; roedd hyn yn amhosib! Dim ond Tamar oedd yn gweld yn glir. Gyda dylyfu gên mawr, ymestynnodd ei chorff ac agor ei llygaid - a phan welodd Iesu, taflodd ei hun i'w freichiau.

'Daethoch chi!' llefodd. 'Mi ddaethoch chi!'

'Do, fe ddes i,' chwarddodd Iesu. Trodd at ei rhieni. 'Mae hi'n llwgu,' meddai wrthyn nhw. 'Dewch â bwyd iddi.'

O nd doedd gan Tamar ddim amser i
fwyta. O'r diwedd - ar ôl yr holl
amser - roedd hi'n iach! Dawnsiodd ar
draws yr ystafell a rhedeg tu allan, gan
chwerthin a gweiddi, a llanwyd pawb a'i
gwelodd â llawenydd mawr.
'Gofynnwch ac fe roddir i chi,' addawodd
Iesu. 'Chwiliwch, a chi a gewch.'

Roedd Jairus wedi gofyn, a nawr fe
ddechreuodd e chwilio. Dilynodd Iesu i
bob man, ac felly hefyd Tamar, Rachel a
Cleopas.
Wrth i'r misoedd basio, gwylion nhw wrth
i Iesu wella a phregethu, chwerthin a
gweddïo, ac adeiladu teyrnas Dduw gyda
phob gair a gweithred.

Er gwaethaf hyn, roedd nifer o bethau roedd Jairus yn eu cael yn anodd eu deall. Os mai tad cariadus oedd Duw, sut allai Ef fod yn rhoddwr cyfreithiau? Chwarddodd Tamar. Roedd ei thad yn dweud yn aml ei fod yn llym gyda hi am ei fod yn ei charu. Onid yr un peth oedd y ddau?

'Mae'n hawdd,' esboniodd hi. 'Mae dwy gyfraith bwysig nawr - cara Dduw â'th holl galon, a chara dy gymydog, hyd yn oed os yw hynny'n anodd. Dyna beth mae Iesu'n ei ddweud!'

Am dair blynedd, roedd Iesu wedi bod yn datgan fod teyrnas Dduw ar ddod. Tra oeddynt yn teithio i Jerwsalem ar gyfer Gŵyl y Pasg, dywedodd Iesu wrth ei ddisgyblion y byddai teyrnas Dduw gyda nhw cyn hir. Roedd Jwdas ar ben ei ddigon. Jerwsalem oedd calon y ffydd Iddewig - a chartref y llywodraeth Rufeinig. Gwyddai Jwdas mai dyma lle byddai'r frwydr yn cael ei hymladd os oedd cyfraith Duw am ragori ar gyfraith Rhufain.

R oedd Iddewon yn tyrru i Jerwsalem. Roedd Pilat, y llywodraethwr Rhufeinig, yn gyfarwydd â hyn, ond doedd e ddim yn ei hoffi.

'Mae'r Pasg yma,' esboniodd wrth ei swyddog newydd yn y Fyddin, 'yn rhyw fath o ŵyl rhyddid. Rhywbeth i wneud â'r Eifftiaid… rhyw hen stori.'

Crynodd Pilat wrth feddwl am yr hen stori honno, am arweinydd o'r enw Moses a arweiniodd yr Iddewon yn erbyn grym yr Eifftiaid pwerus - ac ennill. Roedd yr arweinwyr yn achosi trafferth hyd heddiw.

'Clywais i,' aeth Pilat yn ei flaen, 'dy fod eisoes wedi rhoi diwedd ar y gwrthryfel yng Ngalilea?'

'Cant ac ugain wedi eu croeshoelio, syr!'

'A'r arweinwyr?'

'Barabas a'i ffrindiau…'

'A, ie,' gwenodd Pilat. 'Nhw yw'r rhai sydd i'w dienyddio yn Jesrwsalem adeg y Pasg.' Am ffordd wych o ddysgu gwers fythgofiadwy i'r Iddewon!

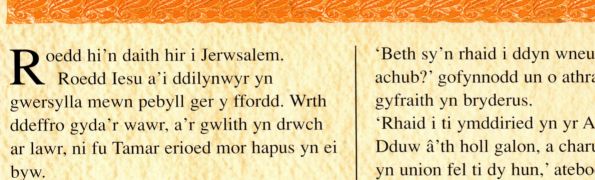

Roedd hi'n daith hir i Jerwsalem. Roedd Iesu a'i ddilynwyr yn gwersylla mewn pebyll ger y ffordd. Wrth ddeffro gyda'r wawr, a'r gwlith yn drwch ar lawr, ni fu Tamar erioed mor hapus yn ei byw.

Roedd y disgyblion wedi eu cyffroi gan ddyfodiad buan y deyrnas newydd. Wrth iddyn nhw ymgynnull o gwmpas y tân gyda'r nos, testun eu sgwrs oedd pwy fyddai'n bennaeth arni.

Cododd Iesu blentyn bychan i'w gôl. 'Heb i chi gael eich newid yn llwyr,' rhybuddiodd e, 'a dod fel plant bach, ewch chi fyth i mewn i Deyrnas Nef.'

Roedd y disgyblion mewn penbleth, ond roedd y peth yn gwbl glir i Tamar. Roedd oedolion bob amser yn meddwl eu bod nhw'n gwybod yn well, ond roedd y plant yn deall mai Iesu a wyddai orau.

'Beth sy'n rhaid i ddyn wneud i gael ei achub?' gofynnodd un o athrawon y gyfraith yn bryderus.

'Rhaid i ti ymddiried yn yr Arglwydd Dduw â'th holl galon, a charu dy gymydog yn union fel ti dy hun,' atebodd Iesu.

'A phwy yw fy nghymydog?'

Gwenodd Tamar. Gwyddai hi beth oedd ar fin ddigwydd nawr: roedd Iesu am adrodd stori. A fyddai'r athro hwn a'r oedolion yn gwrando fel tasen nhw'n blant?

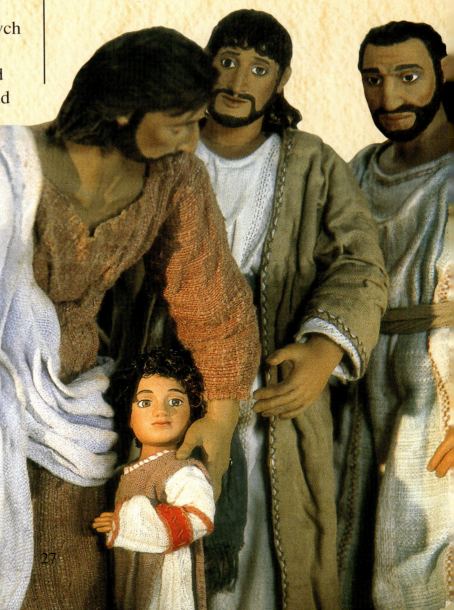

Am unwaith, fe wnaethon nhw. Stori iasol oedd hi, am ddyn oedd yn teithio trwy geunant serth pan ymosododd lladron arno, dwyn ei eiddo a'i adael yn hanner marw ar ochr y ffordd.

Daeth offeiriad ar hyd y ffordd, ond roedd e'n meddwl fod y dyn wedi marw, felly brysiodd heibio oherwydd nad oedd yn cael cyffwrdd â chyrff meirw. Yna daeth Sadwcead cefnog a phwysig, a phrysurodd yntau heibio hefyd. Ymhen amser, cyrhaeddodd dyn o Samaria.

Gwawdiodd y plant oedd yn gwrando ar Iesu. Doedd neb yn hoffi'r Samariaid. Ond gwgodd Iesu, ac fe gofion nhw'n euog fod Duw eisiau iddyn nhw garu eu gelynion. Fodd bynnag, tosturiodd y Samariad wrth y truan. Aeth ato, gofalu am ei glwyfau a mynd ag e i lety. Addawodd dalu i berchennog y llety unrhyw dâl ychwanegol pan ddychwelai, petai e'n edrych ar ôl y dyn.

'Felly,' meddai Iesu, gan syllu ar yr oedolion, 'pa un o'r tri fu'n gymydog i'r dyn syrthiodd ymysg lladron?'

'Yr un a gymerodd drugaredd arno,' mwmialodd athro'r gyfraith, gan deimlo cywilydd mawr.

'Wel,' meddai Iesu, 'cer di a gwna'r un fath.'

Wrth iddyn nhw nesáu at Jerwsalem, daeth torf anferth i groesawu Iesu, gan chwifio canghennau palmwydd a galw 'Brenin' arno. Ond yn hytrach na gwneud yn fawr o'i ddyfodiad i'r ddinas, dewisodd e farchogaeth ar gefn mul. Doedd Jwdas ddim yn deall, ond roedd Tamar yn deall yn iawn. Fe oedd Tywysog Tangnefedd. Pa ffordd arall oedd yn addas iddo?

Brysiodd Ben Asra i'r deml i rybuddio'r uwch-offeiriad am y dorf. 'Fe ddilynan nhw fe i ben draw'r byd… i ryfel. Rhaid i ni ei rwystro.'

Ceisiodd Caiaffas feddwl. Roedd rhaid i Iesu farw. Ond er mwyn cyflawni hyn, rhaid iddo dorri'r gyfraith - cyfraith Rhufain.

Aeth Iesu'n syth i glos y deml fawr.

Cofiai'n iawn am yr adeg pan ddeuai yma'n blentyn, pan oedd e'n lle heddychlon, yn llawn offeiriaid da yn trafod cyfraith Duw. Heddiw, marchnad oedd yma, yn llawn pobl yn masnachu yn lle sanctaidd Duw. Yn sydyn, llanwyd Iesu â dicter. Ysgubodd fyrddau'r newidwyr arian i'r llawr. 'Tŷ gweddi yw tŷ fy Nhad,' rhuodd, 'ond rydych chi wedi'i droi'n ffau lladron!'

Gwthiodd Ben Asra ddyn tuag ato. Dyma'r amser perffaith i faglu Iesu - pan oedd e yn ei dymer. Galwodd y dyn, 'Athro, a yw hi'n gyfreithlon i ni dalu trethi i Cesar ai peidio?' Pan ddywedai Iesu 'Na!', dyna'r amser i'w arestio.

Ond nid dyna oedd ateb Iesu. Gofynnodd i'r dyn ddangos darn arian Rhufeinig iddo. Pen Cesar oedd arno.

Talwch i Cesar yr hyn sy'n eiddo i Cesar,' gorchmynnodd. 'Ond rhowch i Dduw yr hyn sy'n eiddo i Dduw.' Ochneidiodd Ben Asra.

Griddfanodd Jwdas, fodd bynnag. Dweud wrth bobl am dalu trethi i Rufain - nid dyna'r ffordd i ddechrau rhyfel yn erbyn y Rhufeiniaid!

Yn nes ymlaen, pan rybuddiodd Iesu'r disgyblion mai marw fyddai ei hanes yntau, trodd Jwdas ymaith mewn anobaith. Oedd e wedi gwastraffu tair blynedd yn dilyn arweinydd oedd eisiau marw? Wrth iddo gerdded oddi yno, aeth heibio i gelloedd y carchar Rhufeinig. Trwy'r bariau, gwelodd Barabas a'i gyfeillion o Galilea, wedi eu clymu â chadwyni. Bu ond y dim iddo lewygu. Roedd y tir o dan ei draed yn teimlo fel tywod gwlyb. Oedd neb ar ôl i herio'r Rhufeiniaid? Neb o gwbl? Aeth ar ei union at Ben Asra, a chynnig ei helpu i ddal Iesu.

Treuliodd Iesu ei ddiwrnodau'n pregethu yng nghlos y deml. Treuliodd ei nosweithiau ar Fynydd yr Olewydd, lle'r oedd llawer o bobl yn gwersylla adeg y Pasg. Doedd yr offeiriaid ddim am ddechrau terfysg trwy arestio Iesu o flaen torf, ond yn hwyr neu hwyrach byddai'n rhaid iddo fynd i weddïo ar ei ben ei hun, a phan fyddai'n gwneud, byddai Jwdas yn dweud wrthyn nhw.

Gyda'r machlud, ar noswyl y Pasg, roedd pob Iddew yn y byd yn rhannu pryd gyda theulu a ffrindiau. Cafodd Iesu fenthyg goruwchystafell yn Jerwsalem i'w ddilynwyr agosaf. Ni fyddai tyrfa fawr y noson honno.

Wrth iddyn nhw ymgynnull ar gyfer y pryd, gofynnodd Tamar yn ddryslyd, 'Pam ydyn ni'n cuddio?'

'Am fod Iesu'n ddiogel yma,' esboniodd Mair Fagdalen.

'Feiddiai neb ei arestio amser Pasg,' cysurodd Cleopas hi.

Ebychodd Tamar. Ei arestio? Pam y byddai unrhyw un am ei arestio?

Diolchodd Iesu i Dduw am y bara, a'i godi uwch ei ben fel yr arferai ei wneud. Torrodd y bara, a'i roi i'w ddisgyblion gan ddweud yn gariadus, 'Cymerwch a bwytewch. Hwn yw fy nghorff, a roddir drosoch.'

Edrychodd y disgyblion ar ei gilydd mewn penbleth. Cnodd Tamar ei gwefus.

Yna bendithiodd y gwin, ac yfed diferyn o'r hylif tywyll. 'Yfwch o hwn, bawb,' meddai; 'hwn yw fy ngwaed a dywelltir dros bawb, er maddeuant pechodau.'

'Na!' gwaeddodd Simon Pedr mewn dicter. Ond teimlo'n drist wnaeth Tamar. *Rhaid* ei fod yn wir, os mai dyna ddywedodd Iesu.

'Mae un ohonoch chi'n mynd i 'mradychu i,' esboniodd Iesu.

Yn rhyfedd ddigon, doedd e ddim yn swnio'n flin. Roedd e'n swnio fel petai e'n deall.

'Na!' Llosgodd wyneb Simon Pedr. 'Wna i ddim dy siomi di! Wna i fyth dy adael di…'

Ond ysgydwodd Iesu ei ben. 'Simon Pedr,' meddai'n dyner, 'erbyn i'r ceiliog ganu heddiw, byddi di wedi 'ngwadu i deirgwaith.'

Daeth dagrau i lygaid Tamar wrth iddi edrych ar Simon Pedr. Roedd e'n edrych mor ddigalon, mor siomedig. Roedd e'n caru Iesu gymaint… Roedd e'n meddwl ei fod yn barod i farw dros Iesu, ond doedd e ddim, achos roedd e'n dal i feddwl fod yr hyn roedd e eisiau'n bwysicach na'r hyn oedd Duw eisiau. Ochneidiodd Tamar. Fel 'na fyddai hi ar ôl tyfu'n oedolyn?

Yna aeth Iesu at Jwdas. 'Jwdas, cer a gwna'r hyn sydd rhaid i ti'i wneud,' meddai'n dawel.

Rhedodd iâ trwy waed Jwdas.

'Cer, a gwna fe'n gyflym,' mynnodd Iesu, a dyna wnaeth Jwdas, oherwydd - wel, os dywedodd Iesu wrtho, rhaid ei fod yn iawn…

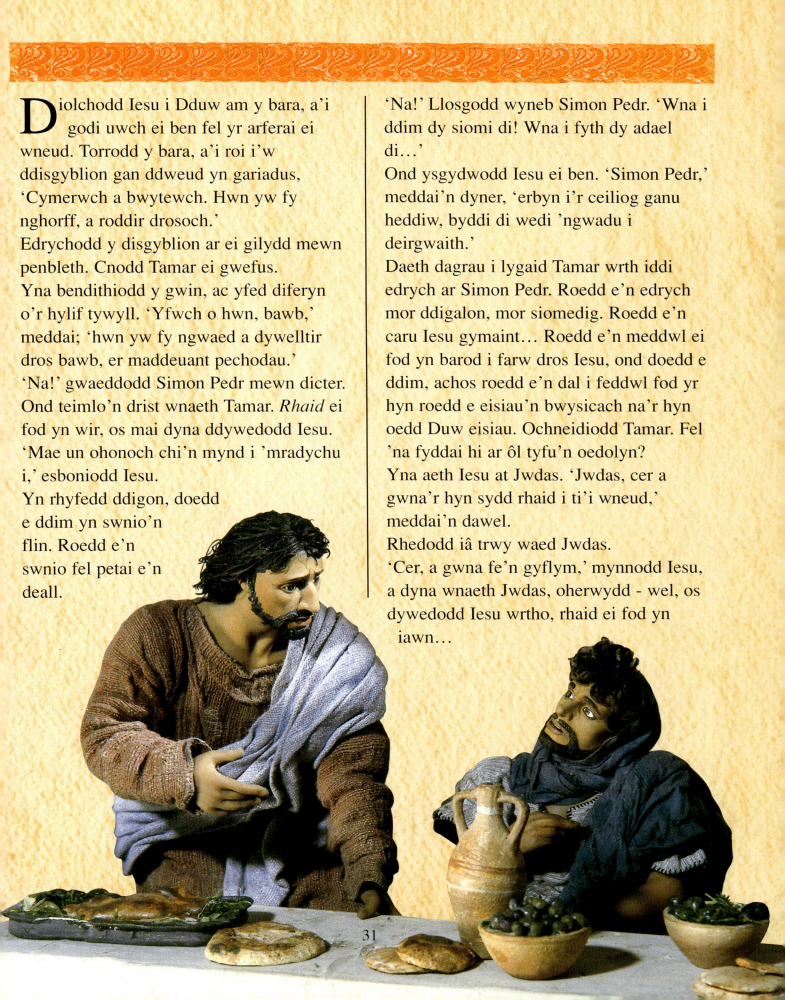

Y noson honno, aeth Iesu â thri o'i ddisgyblion a gadael y gwersyll. Rhedodd Tamar ar ei ôl. 'Ble'r ydych chi'n mynd?' gofynnodd yn bryderus. 'Dwi ddim eisiau i chi fynd.'

Anwesodd Iesu ei gwallt.

'Paid â phoeni,' meddai. 'Yn nhŷ fy Nhad mae llawer o drigfannau. Rwy'n mynd i gael hyd i le hyfryd i ti. Rhyw ddydd, byddi di gyda mi am byth.'

Powliodd y dagrau i lawr wyneb Tamar wrth i Iesu gerdded i ffwrdd i'r tywyllwch. Rhyw ddydd byddai hi gydag e ym Mharadwys, ond cyn hynny roedd Duw am iddo gael ei dorri, fel y bara sanctaidd.

Roedd dagrau'n cronni yn llygaid Iesu hefyd wrth iddo sefyll o dan y sêr ar ei ben ei hun. Am dair blynedd roedd e wedi dewis cyflawni dymuniadau ei Dad, wedi ufuddhau i'w Dad ym mhob ffordd. Ond sut y gallai e ddewis gadael y bywyd gwerthfawr hwn, yr amser hwn ar y ddaear, cariad ei fam a'i ffrindiau a'r plant bach a ddeuai ato?

'Fy Nhad!' ymbiliodd, a'i lais yn gryg. 'Fy Nhad, gad i ni gael hyd i ffordd arall! Gwranda… os oes ffordd arall... ffordd allan…'

Roedd yna ffordd arall - ffordd allan. Nid oedd rhaid iddo gael ei dorri. Y cyfan oedd rhaid iddo'i wneud oedd gwrando ar y llais arall, llais y diafol, oedd yn sibrwd yn yr awel fileinig, yn ei annog i droi ymaith, i ddilyn y llwybr arall, y llwybr hawdd.

'Na!' rhuodd e. 'Nid f'ewyllys i a wneler, ond d'ewyllys Di, fy Nhad. Gwneler dy ewyllys Di!'

Roedd e'n barod i wynebu'r hyn a ddewisai Duw. Roedd y tri disgybl wedi syrthio i drymgwsg. Deffrodd e nhw, ac aros.

Cyrhaeddodd Jwdas. Cusanodd e Iesu i ddangos mai fe oedd yr un.

Ac yna daeth y milwyr, yn bygwth â chleddyfau a gwaywffyn. Ceisiodd Simon Pedr ymladd â nhw, ond rhwystrodd Iesu e.

'Gallai Nhad anfon llu o angylion i fy achub i, taswn i'n gofyn. Ond nid dyna'r ffordd.'

Na - hon oedd y ffordd; cael ei glymu a'i guro, ei wthio a'i dynnu, cael ei drin fel troseddwr, yn unig yn y tywyllwch. Dyma oedd ffordd ei Dad, ac felly ei ffordd e hefyd. Ac wrth i'r rhaffau dorri ei gnawd, a'r cernodiau fynd yn fwy ffyrnig, dewisodd y ffordd honno'n fodlon. Ond roedd e'n brifo'n enbyd.

Llusgon nhw Iesu i dŷ Caiaffas, y Prif Offeiriad. Roedd Ben Asra wedi casglu nifer o aelodau o Gyngor yr offeiriaid, ond dim ond y rhai hynny y gallai ddibynnu ar eu cefnogaeth.

Arhosodd Simon Pedr tu allan. Ai fe fyddai'r nesaf i gael ei arestio? Cuddiodd ei ben.

Gwgodd Caiaffas ar Iesu, 'Os mai ti yw'r Meseia, dweda hynny.'

'Dydych chi ddim yn credu unrhyw beth rwy'n ei ddweud,' meddai Iesu wrtho, yna ychwanegodd ag awdurdod, 'ond fe fydd Mab y Dyn yn eistedd ar orsedd wrth ochr Duw cyn hir.'

'Chi yw Mab Duw felly?' gofynnodd Ben Asra.

Edrychodd Iesu arno'n bwyllog. 'Ti sy'n dweud hynny.'

Cododd Caiaffas ei ysgwyddau. Geiriau clyfar - ond fasen nhw'n gwneud dim lles iddo. Anfonodd Iesu at y Rhufeiniaid. Ganddyn nhw oedd y grym i'w ddedfrydu i farwolaeth.

Adnabyddodd rhywun Simon Pedr fel un o ddilynwyr Iesu. Dyna'r trydydd tro y noson honno.

'Ti'n wallgof,' arthiodd e. 'Er mwyn Duw, wnes i erioed gwrdd â'r dyn!'

Yn y pellter, canodd y ceiliog. Llanwodd llygaid Simon Pedr â dagrau chwerw a olchodd y llwch o'i lygaid a gadael iddo ei adnabod ei hun yn well. Dyna pryd y gwelodd Iesu'n cael ei arwain i ffwrdd. Gwelodd Jwdas hefyd Iesu'n cael ei lusgo i'r tywyllwch. Cydiodd yng ngwisg Ben Asra. 'Rwy wedi gwneud camgymeriad!' llefodd.

Ond gwenu wnaeth Ben Asra.

35

Roedd Pilat yn gandryll. Roedd disgwyl iddo gynnal achos llys - yng nghanol y nos. Roedd hyn yn ormod!

'Mae'r dyn hwn yn elyn i Rufain,' mynnodd Caiaffas. 'Iesu o Galilea.'

Iesu? Gwgodd Pilat. Craffodd ar y carcharor. Edrychodd hwnnw'n ôl i fyw ei lygaid. Roedd e'n dawel iawn. Fel arfer, roedd ar bobl ofn Pilat, ofn ei nerth, ond doedd y dyn hwn ddim fel tase fe'n ofni unrhyw nerth daearol.

'Ai ti yw brenin yr Iddewon?' holodd Pilat yn wawdlyd.

'Dy eiriau di yw'r rheiny,' meddai Iesu. A dyna'r cyfan ddwedodd e. Am ryfedd… roedd carcharorion fel arfer yn siarad fel pwll y môr i geisio arbed eu crwyn.

Gwingodd Pilat. Nid troseddwr mo'r dyn hwn.

'Os mai Galilead yw e,' dwedodd Pilat, 'Herod ddylai ei ddedfrydu.'

Roedd ar Herod ofn Iesu. Y Rhufeiniaid a apwyntiodd Herod yn Frenin yr Iddewon. Iddew oedd Herod, a gwyddai mai eu gwir frenin fyddai'r un a ddewisai Duw, nid y Rhufeiniaid.

Yr Iesu hwn… beth os mai ef oedd yr un? O na - gwell peidio â meddwl amdano, gwell gwawdio Iesu a'i watwar.

Rhoddodd Herod a'i filwyr goron ddrain ar ei ben er mwyn i'r bobl weld brenin mor wael wnaethai Iesu. Ond er dirfawr siom i Herod, gwnaeth y goron ddrain i Iesu edrych yn fwy brenhinol fyth. Allai e ddim dedfrydu'r dyn hwn i farwolaeth - dim hyd yn oed i blesio'r Rhufeiniaid.

Roedd hi prin wedi gwawrio pan ddychwelwyd Iesu at Pilat. Er gwaethaf hyn, roedd Ben Asra wedi casglu tyrfa fach at ei gilydd.

Brawychwyd Pilat pan welodd ei fod yn ôl. 'Dwyt ti ddim yn sylweddoli,' gofynnodd Pilat i Iesu, 'fod gen i'r awdurdod i dy ryddhau di neu dy groeshoelio?'

'Fyddai gen ti ddim awdurdod drosta i oni bai iddo gael ei roi i ti oddi uchod.'

Llyncodd Pilat. 'Pwy wyt ti?'

Ond atebodd Iesu ddim.

Mewn dychryn, trodd Pilat i wynebu'r dorf.

'Rydych chi'n cael rhyddhau un carcharor adeg y Pasg,' ymbiliodd. 'Gaf i ryddhau Brenin yr Iddewon?'

Galwodd llais am i Barabas gael ei ryddhau, ac ymunodd eraill yn y gri.

'Y llofrudd?' meddai Pilat yn ddryslyd. 'Dydych chi ddim eisiau'ch brenin?'

'Cesar yw'r unig frenin i ni,' meddai Caiaffas yn llyfn.

Prin y gallai Pilat anadlu. Bob tro y meiddiai edrych ar Iesu, roedd Iesu'n edrych arno gyda chariad a thosturi yn ei lygaid. Allai Pilat ddim - fynnai e ddim - bod yn gyfrifol am farwolaeth y dyn hwn. Dechreuodd olchi ei ddwylo, drosodd a throsodd.

'Rwy'n golchi fy nwylo o hyn…' meddai, a'i lais yn llawn o emosiwn.

'Croeshoeliwch ef!' banllefodd y dorf.

'Deliwch ag e yn ôl y gyfraith Rufeinig,' mwmialodd Pilat, a cherddodd i ffwrdd.

Gosododd cyfraith Rufeinig groes mor drwm â choeden ar gefn Iesu a gwneud iddo'i llusgo hi drwy'r strydoedd. Clywodd ei gyfeillion ar Fynydd yr Olewydd y newyddion. Dechreuon nhw redeg.

'Maen nhw'n ei ladd e!' rhuodd Jairus, fel petai rhywun yn rhwygo'i galon o'i frest. Glynodd Tamar wrth sodlau ei thad wrth redeg, a dilynodd y dorf Iesu am y tro olaf.

Roedd hi'n ingol ei weld e. Yn grwm o dan y pwysau, wedi'i dorri ac yn gwaedu, roedd e'n baglu a syrthio fel plentyn. Cyffyrddodd Tamar â'i law.
Daeth ei fam, ei ddisgyblion, ei ffrindiau, a'r holl bobl ddienw hynny a ddaethai ato'n newynog a chael bwyd - a'i ddilyn ef i'r mynydd lle croeshoelid gwehilion cymdeithas.

Caeodd Tamar ei llygaid. Codwyd y groes. Dechreuodd yr aros.

Roedd pob dim ar ben i'r ddau ddyn a groeshoeliwyd gyda Iesu. Ond roedd dewis gan Iesu o hyd.

'Fe achubodd bawb arall,' gwawdiodd Ben Asra, 'felly pam na all e achub ei hun?'

'Dere i lawr,' anogodd llais y diafol. 'Profa dy nerth.'

Edrychodd Iesu i lawr. Gwelodd Tamar. Gwelodd y boen yn ei chalon.

Doedd hyd yn oed plant ddim yn gallu deall hyn. Ond mi fasen nhw'n deall... tase fe'n dilyn ffordd ei Dad.

Chwythodd awel fileinig draw o'r anialwch. Daeth cymylau duon i orchuddio wyneb y ddaear.

'Nhad!' ebychodd Iesu gyda'i anadl olaf.

'Nhad... rhoddaf fy ysbryd i ti.'

Crynodd y ddaear o dan draed Tamar.

Helpodd Tamar y gwragedd a dynnodd y corff drylliedig i lawr. Cofiodd Iesu'n dal y bara uwch ei ben. 'Ei dorri drosoch chi…' cofiodd. Ond pam? Doedd hi ddim yn deall.

Lapiwyd ef mewn cadachau lliain. Crynodd y Swyddog Rhufeinig. Roedd e wedi croeshoelio cynifer o bobl, ond ni welodd erioed ddyn yn cynnig ei fywyd fel rhodd.

Rhoddodd athro'r gyfraith, yn ei gywilydd, ei feddrod ei hun i Iesu.

Yn eu palasau, eisteddodd Pilat a Herod ar eu pennau eu hunain.

Roedd Simon Pedr yn cenfigennu wrth y ddau ddyn a fu farw wrth ochr Iesu. Deallodd o'r diwedd. Byddai wedi bod yn well i sefyll a marw gydag e na byw hebddo fe.

Y Saboth oedd drannoeth. Daeth y ffrindiau ffyddlon at ei gilydd yn yr ystafell lle rhannon nhw'r swper olaf. Gyda'i gilydd, fe orffwyson nhw yn ôl cyfraith Duw. Gyda'i gilydd, fe wylon nhw.

Ond ni allai Mair Fagdalen orffwys. Gyda'r machlud, wedi i'r Saboth ddod i ben, aeth i ymweld â'r beddrod. Efallai y câi hi heddwch yno.

Ond nid oedd heddwch i'w gael. Roedd
rhywun wedi agor y beddrod ac wedi
dwyn corff Iesu. Dechreuodd hi wylo fel
pe bai ei chalon ar dorri. Roedd e wedi
mynd - a doedd dim sôn amdano o gwbl...
Gofynnodd rhywun, 'Pam wyt ti'n wylo?'
Ceisiodd ei ateb, ond methodd wneud
drwy'r dagrau.
'Dweda wrtha i am bwy wyt ti'n chwilio.'
'O, syr, os mai chi yw'r garddwr, dwedwch
wrtha i ble'r aethon nhw ag e...'
'Mair.'
Dywedwyd ei henw â'r fath gariad nes bod
Mair yn crynu drwyddi. Dim ond un
person oedd wedi dweud ei henw fel yna
yn ei byw.
'Iesu?' Gwelodd hi ef trwy ei dagrau.
Roedd e'n gwenu arni - gyda chariad.

Cyffyrddodd hi ag ef. Roedd e'n fyw!
Llamodd calon Mair â llawenydd.
'Cer,' meddai wrthi. 'Dweda wrth bawb.
Dweda wrth Simon Pedr!'
Rhedodd hi fel gwraig wallgof yn ôl i'r
ddinas, gan grio a chwerthin a gweiddi
mewn llawenydd.
'Mae e'n fyw!' llefodd hi, gan gydio yn
Simon Pedr.
'Mae dy alar wedi dy wneud yn wallgof,'
meddai Simon Pedr. Ond gynted ag y
daeth y geiriau o'i geg, teimlodd gywilydd.
Pam oedd e'n meddwl ei fod yn gwybod
yn well na Mair? Rhedodd gyda hi, yn ôl
i'r beddrod. Pan gyrhaeddodd e, gwelodd e
Iesu. Ac roedd Iesu wedi maddau iddo -
maddau popeth.

Yn yr oruwchystafell, roedd y disgyblion yn ceisio deall wrth i Mair a Simon Pedr barablu eu newyddion. 'Mae pawb yn wallgof,' mwmialodd Thomas. 'Rwy'n mynd...'

Ond cyn iddo allu symud, rhuthrodd Jairus a Cleopas i mewn - roedden nhw hefyd yn llawn llawenydd ac yn cael anhawster wrth geisio mynegi eu hunain.

Dywedodd Jairus ei fod wedi anfon Rachel a Tamar i aros at ffrindiau y tu allan i Jerwsalem i fod yn ddiogel. Yn nes ymlaen, dechreuodd e a Cleopas ar y ffordd i ymuno â nhw. Daeth dyn i ymuno â nhw wrth iddyn nhw gerdded, ac fe siaradon nhw am Iesu wrth deithio. Yna daeth y dieithryn i'r tŷ yn Emaus, a bendithio'r bara, gan ei godi uwch ei ben, ac yn sydyn gwyddai pawb pwy oedd e! O'r diwedd deallodd Tamar. Roedd Iesu wedi marw i ddangos nad marwolaeth oedd y diwedd.

Doedd pobl ddim wastad yn credu fod Tamar wedi marw go iawn. Ond roedd marwolaeth Iesu'n wahanol. Dyma farwolaeth na allai neb ei gwadu - yr offeiriaid, na'r Rhufeiniaid, na neb. Dyma'r ffordd waethaf o farw, marw'n gyhoeddus, o flaen pawb, o flaen yr holl fyd.

'Ac yna roedd e wedi mynd!' chwarddodd Cleopas. 'Diflannu!'

'Neb yno!' meddai Thomas yn ddirmygus.

el, os na chaf i ei weld e fan hyn…
A chael gweld ôl yr hoelion a rhoi fy mys yn yr archollion, wna i ddim credu!'

'Thomas?' Roedd cariad yn ei enw, ond roedd Thomas yn rhy flin i sylwi.

'Thomas…'

Trodd Thomas. Syrthiodd ar ei liniau.

'Dere 'mlaen,' meddai Iesu dan wenu. 'Rho dy fysedd fan hyn. Creda!'

'Fy Arglwydd… a'm Duw,' sibrydodd Thomas.

'Rwyt ti'n credu am i ti fy ngweld i, Thomas,' meddai Iesu. 'Ond gwyn eu byd y rhai a fydd yn credu ond heb erioed fy ngweld i.'

Am gyfnod, fe ddaeth ac fe aeth. A phan ddaeth yn bryd iddo fynd am byth, roedd pawb yn deall. Nid dyma'r diwedd, ond y fynedfa i dŷ ei Dad, tŷ oedd â digon o le i bawb a ddeuai yno. 'Curwch,' addawodd e unwaith, 'ac fe agorir i chwi.'

'Ewch i eithafoedd y ddaear,' meddai wrth y dorf olaf un, 'a gwnewch ddisgyblion o'r holl genhedloedd.' Daeth awel dyner i'w anwesu.

'Rwyf i gyda chi bob amser,' addawodd e, â chariad. 'Hyd at ddiwedd y byd.' Roedd ei gorff wedi mynd, ond arhosodd ei ysbryd. Cydiodd Tamar yn llaw plentyn bach. Druan ag e - doedd e ddim yn deall, eto.

'Paid â phoeni… yn nhŷ fy Nhad mae llawer o drigfannau,' esboniodd hi.

'Yng Nghapernaum?'

'Ie! Yng Nghapernaum, yn Jerwsalem, yn yr holl fyd!' chwarddodd Tamar. 'Mae Teyrnas Dduw wedi dod, a nawr mae hi gyda ni am byth.'

GŴR
Y
GWYRTHIAU

Y stori fwyaf erioed

Diolch i Cartŵn Cymru a Icon Entertainment International am y darluniau

Hawlfraint © 2000 SAF a Christmas Films

Cydnabyddir hawl Sally Humble-Jackson i'w hadnabod fel awdur y gwaith hwn yn ôl Deddf Hawlfraint, Dylunio a Phatent 1988

Cyhoeddwyd gyntaf yn 2000 gan Lyfrau Plant Hodder

ISBN 0 85284 248 1

Sgript wreiddol: Murray Watts

Teitl gwreiddiol: *The Miracle Maker*
Argraffiad Cymraeg cyntaf 2000 gan Hughes a'i Fab, S4C
Testun Cymraeg © 1999 Hughes a'i Fab
Addasiad Cymraeg: Luned Whelan
Cysodwyd gan: Derryl Rees, Pentagon

Argraffwyd yn Hong Kong

Cyhoeddwyd mewn cydweithrediad â:
Llyfrau Plant Hodder
Is-gwmni i Hodder Headline
338 Euston Road
Llundain
NW1 3BH